JN203474

漆の扉

吉津謹子

七月堂

妹と夫に

目次

漆の扉

浜辺

太陽が天頂にある時
鏡の背面で水色の炎が燃えていた
誘われて
赤松の防風林で裸足になる
ひんやりとした砂地に
鏡をぬけるような一瞬の戦慄を感じつつ

風のゆりかご　海よ！
風に吹き攫われまいと
地中深く根を下す植物たち
コウボウムギ　ハマヒルガオ　ハマニガナ
ハマエンドウ　ハマボウフウが
放恣に低く砂の上を這う
熟しきった大気が身体に纏りつき少し重い
渚を歩くと足を洗う波のくすぐるような快さ

わたしは酔っている
あなたのとびっきりの贈りものに
波の音がわたしの呼吸とひとつになり
十五歳のわたしを
太陽が隅々までみつめながらジリジリと灼く

大いなる神への恐れもその存在も
まだ知らない

わたしは風の胎内にいて
流れ着いた貝殻を砂の上にならべ
戯れにデルフォイの巫女（ふじょ）のごとく
託宣を試みる

　ツメタ貝　おまえは孤独者の夢想をキッチリと巻いて
片翼だけのカガミ貝　もうひとつの翼はどこ　こんなにスベ
スベしているのに何にも写さない
アサガオ貝　薄紫のアサガオを思わせる　花の逞しさはなく
これ程にも欠けていて
サクラ貝　恥らいうつ向き　薄紅の爪のごとく透きとおり

これらはかないものたち　やがてあなたの中に没してゆく

満ち潮だ　波は高く項(うなじ)を伸し跪ずき崩れる
小さな結界は破られ
不意にあなたの歌を聴く
初めてのように
死と沈黙と命のザワメキとが睦みあう水底の歌を永劫に

やがて満天に星の瞬く頃
寝つかれないあなたに
空は降りてきて
やさしくヴェールを被せる

わたしは瞼を閉じ

哀しみの真珠を置いてみる
故郷の失われた浜辺の
遠い追憶に

三重奏

波間にフルートとハープが小船のように走る
ビオラも遅れまいとつづく

音たち
夜の背後に真昼の眩しさをみている
つきぬけて明るい瞬間を

瞼をとじると
眠りが夢のめざめとなって開かれる
はじめて聴く精神を貫くフルートの魂の音
軽やかでいて腹の底から絞るような呼吸

多面体の鏡がつくるゆれ動く空間に
ハープ　小さな炎となって
弦をはじきながら
時間を燃やす

あっ
ビオラの弓の擦れる響に睫毛がそよぎ
かすかな風がたつ

音は無傷で
流れついた貝のように
そこに置かれている

わたしはたったひとりの観客
音は止み拍手をすると
波の音とともに
ひきしまったフィナーレの朝がくる

あなたに笑いはあったか

凍えた土に芽ぶきの気配がする
思いがけない笑いの感覚がよみがえった
春近い薄陽さす日のこと

悲しみには慣れていたが
笑いは皮膚になじまない
芯から笑えなかった

芯とは生身の中心に静かにあるもの

あなたに笑いはあったか
あなたの肖と像に似せて人間を造ったという
誰れも見たもののないあなたを求めて
成りゆきにまかせなさい
あなたに人生の総てを仕える人のことばに押されて
心は放たれ気流に乗り
眼下に蒼く海のきらめく空を泳ぐ
やがて成層圏をこえ
惑星や彗星とすれちがう暗黒の荒野へ
宇宙の広大さにあってあなたの沈黙は底知れぬ深さを持つ
問いは空しく宙を穿ち
ブラックホールへ吸い込まれてゆく

地上にあっては永久に割り切れないπのようにか
気が遠くなるように眩暈がし
地が傾く

暮色が濃くなる
もどっておいで　心よ
ブーメランとなって　鳥となって　ねぐらへ
地上にいてわたしはなお問う
あなたに笑いはあったか
わたしは小さな笑いの芽を育て
しみじみと生きてみたい
もう少し

死者の旅立った後に

まっさらな夜明け
枯れた白骨が積み重なった夢の底辺にいて
鳥のさえずりと木の葉のざわめきを聴いている
夢の衣をぬぎ捨て
目を閉じると森が生まれた
と悲しみから解き放たれた死者が
夢の木霊に答えるように

ひとりまたひとりと旅立ってゆく
獣や鳥を飼う豊かな森には
三叉路の分岐点がある
死者たちはそのあたりに立ちつくし
季節の風の移ろいを聴き
水溜りから空との距離を測る
ひたすら舞いすっと消える雪
気まぐれな雲の行方を追いつつ
方位をかいでいる

死者たちは晴れた快よい日を選び
寛容な愛という妙薬に導かれて
巡礼のごとく　白い杖を連らねて
西方に向かう

しかし生きているものは
時間に貪られながらも
不滅なものに至る視座のあることを
知っている
それが幻想であったとしても

焼きたてのバケットのように

薄水色の未明に
浅い眠りから幾つもの夢をまさぐり
秒針のピタリと止まった岸に辿りつく

心を病んでから三十年
心は常に鎧われていた
敵はわたし自身だったのに

再発への恐れが意識を鋭く噛む
わたしは得体の知れない生き物を飼っていたのだ
薬が合わなくなったときの苦しさ
いつも真芯から糸のように細い血が流れていたのかもしれない
血を拭い外気に触れたくて
ベランダに出た
むせてしまいそうな冷たい空気
月も星もない空はまだ暗く
東の地平にひと筋
真紅に燃える朝焼けがあった

凍てついた朝が云う
息を吹きかけて
おはよう　と

今日も生きて小さな布を織ろう
風雨になめされたことばで
わたしは縦糸　君は横糸を
素朴なゴツゴツとした手触りだけど
いつか別れが来る
それまで続けてゆこう
君の心の滾（たぎ）るまゝわたしと一緒に
焼きたての香ばしいバケットのように
朝は軽ろやかにささやいた

前奏曲

肌に感じられないほどの風があった
見えない街への道を足早に辿る
花影にいたあなたを驚かせてしまった
途切れそうな命を紬いでいたひとを
花は色あせ枯れかかっていた
翡翠のようなバイオリンのソロが聴えた
あれはあなたの喘ぎだ

花と命をとりかえたのではないか
あなたがすっと立つとき
白い炎をあげて街は燃えていた

あなたは生と死の交差する線上を
揺れながら歩く
それは幽霊にも似ていた
青ざめて細く
豊満の喜びからは遠く
バラ色の裸婦像は
かつて濃くあったが剥れ
生きてゆくことで色彩は抜け落ちた
白とグレーだけが
こころの色面を濡らしている

ピアニストの大きな手が頭上で点滅する
鍵盤になって叩かれたい
音になって抱きとられたい
あなたの命への情念が手の動きを追う
呼吸が早くなり　はっと息を呑む
瞬間フィナーレがきて
手はあなたの喉からすっと離れる

あなたは余韻を楽しみつつ疼く
それは死への前奏曲と知っていたから

風の栞

一瞬風の中に立ち止まる
空と海との境から　うねりとなってうたが聴こえる
それはふるさとの海からか
かつて点のように在ったヴェネチア湾に寄せる
アドリア海からのものか
いまとなっては彼方だ
わたしの記憶は老いと共に朽ちてゆく

けれど掌に握りしめた小さな石のように
残されたものがある
それは過ぎ去った日々
石は追想とともに磨かれ
円くなり艶を帯び
わずかずつ変化する
それは風が初めて世界と出会った朝のように
詩と呼ばれることばになっていた

薄茜を追って

ことばが出立をせきたてる
行くべきところは主イエススの御前
そこで祈られることばに
身を折り跪(ひざまづ)き
濁りのない心で受けとめること

かつて密月があった

胸のときめくまま聖堂へと急いだ
組織の縛りも数々の儀式も苦ではなく
むしろ壮麗さに息を呑んだ
渇きは治まり
生きている証の充足があった

いつからだろう
変わりはじめたのは
主に向かう純粋を
詩も求めていると知ったときからか
主には限りない守りを願い
詩には果しなく個の存在の自律を想う
相反する心理はすでに
血に縫いつけられていて

わたしを濡れた布のようにひき裂く

再び狂ってゆくのだろうか
それともより深い祈りへと導かれてゆくのだろうか
いつしか主も詩も幻想という想念が芽ばえ
潟に寄せるさざ波のように
意識を浸してくる
どこへ
血の滲む魂が
西空を染める
薄茜を追っていた

山葡萄

ことばよ
おまえほど自由なものはなく
精妙なバランスを保ちながら
時空間の交わる中心に在って
公平でしかも老練だ
わたしの詩を支えているものがあるとしたら
それはおまえへの渇きだ

じっと待つ
季節がうつろい
野山にガマズミが明りを灯したように赤くいろづき
山葡萄が甘くたれるときこそ
待ちかねていたのだ
一人ぼっちの影を負い高く呼びかけるわたしに
応えてくれるだろうか
おまえを縁取るのは
美しい隊列をつくる鰯雲
わたしは抜き手を切って泳ぎ
蒼空の奥のおまえの船溜りに辿り着いたその瞬間
数個の泡を残し消えてしまった
わたしの渇きはいやされず
地上の元の場所に投げだされていた

あの上昇は幻影か
渇きの激しさゆえの白昼夢か
山葡萄を一粒口に含むと
時遅く　酢い味がした

白萩のこぼれる道

白萩のこぼれる道を歩いていると
ふるさとへのなつかしさが
オーボエの響きとなって魂を包む
幼い頃　ある家の広い庭に
白萩が地を引き摺るほどたわわに咲いているのを見た
その花影でままごとをした記憶がある
ミニチュアのガラスのカップに

こぼれた白萩をご飯のように盛り萩の枝を箸にして添え

オーボエの柔かさに耳が開かれ
葬送の第二楽章がかすかに聴えてくる
その音を断ち切るように
私を詩の世界に導いた鋭利な友の声がする
小さな笑いの芽を育て　しみじみと生きたい
もう少しという呼びかけに
もう少し　もう少しと応えた友は病んでいた
あれは肌寒い去年三月末のこと
それが友と会った最後になるのだろうか
別れぎわに千切れんばかりに手を振っていた

白萩のこぼれる道は

津波に引き裂かれたふるさと*へと続く
悲しみのふつふつと滾る道
いつか喜びに出会える日がくるのだろうか

* 宮城県石巻市

完全なる存在

風の密度は薄く淡く
生々しい魂の結晶を促すことばが見つからない
陽の当たる場所とその影との隘路を
遡りさすらうことでしか　生きられないのか
地の高低とその落差との縁を振り動く
わたしの精神は常に危うい
目を閉じると

ほろほろと時間が零れ
薄墨色の空間から記憶のように
死が浮び上がってくる
命のあらゆる位相を塗り潰し　置き去りにし
永遠の不在　忘却を約して

たとえば明日
わたしの近しい人が逝ってしまう
その人とどこかですでに
別れの挨拶を交しているだろうか
ひとつの死を看取ることでわたしは賢くなったか
どの死も初めての出会い
抉られる悲しみ
あらゆる未来の生命はその死者の領域から来た*1と知っていたか

死があってこそ人間ははじめて完全な存在になると[*2]

どこかで灯が点される

＊1　中沢新一（野性の科学）

＊2　フランクル（夜と霧）

朝までの道のり

左手だけのピアノコンチェルトを聴きながら床についた
深く畳まれた疲労が少しずつとれ意識が澄んでくる
あえかなことばが
夜の底から気泡のように芯まで昇ってくる
それはピアノのことばだったか
引き潮がディクレッシエンドのごとく
まどろみを沖へとつれ去る

両手で弾かれたものより
優しい気がする
まだ夢にもなっていないことばが
心のかたちをつくることがあるのだろうか
音はやみ
背中に余韻を楽しみながら
眠るとも覚めるともつかぬ
自然の睡魔を味わっている
でも知っている
この眠りが一、二時間しか続かないことを
朝までの道のりのなんと遠いことか

郷愁あるいは草の道

夕暮れがフィナーレを迎え
濃い群青の夜空にその位置をゆずるとき
わたしは心の地図に記された
草の道を求める

呼びだすには
天の川の河畔で機を織る孤独な織姫に

弾をこめた銃でねらいを定めて射つ牽牛
白鳥の心臓に

星くずを撒いたような明りを灯す
白つめ草の咲く野道
露に足元を濡らしながらかまわず歩く
からまる露の冷たさか
これから起こることへの予兆か
全身が小刻に震える

そこは死者と出会えるところだと教えられた
互いの思いが曙色のことばに実るとき
子午線の沈黙は静かに破られ死者たちは
思い思いのことばで生きている者と語り始める

そのなかに母がいた
心の病いに深く囚われ
はかなく地に縛られているわたしを
励まそうと　あらわれる

おまえが生命の輝きを忘れてしまい
母であるわたしの目がおまえの悲しみに応えて潤むとき
わたしは会いに来る　何度でも　わたしは

やがて道はおぼろになり
母は永劫の灰黒色の淵に去ってゆく
さよならはいわず

刺繍をする

パレスチナの
ゲリラ部隊の隊長となって逮捕された収容所で
六年間拷問の続いた日々を
生きる希望を失なわないように
監獄の毛布を下地に
自分の衣服の糸をほどき刺繍を作った
濃い茶色の木立　満月が出ている

そこに四つの黒いものが浮ぶようにある
正面真中に池があり　明るい水色だ
池の中に二羽の鳥が浮び
他に親子らしい三羽はあおみどり色の池の傍の地にいる
そしてもう一羽は父親か
唯いつ羽を広ろげ舞い降りたのか
飛び立とうとしているのか
解放に協力したお礼として広河さん*がもらったものだと言う
彼女の勇気と信念に打たれ　わたしは刺繍をみながら
いつしか泣いていた

（一九九四年）

＊　広河隆一＝フォトジャーナリスト。中東を中心に活躍

ガザの少女

日々の時間に追われる曇った目から
何枚もの膜を丁寧に剥すと
眼底（まなぞこ）に見えてくるものがある
硝煙の生々しく臭う多くの写真
イスラエル人によるベイルート大虐殺で死んでいった
パレスチナの人々の怒り
嘆き

悲しみ
諦め

血にまみれて路上に投げ出されている
子供たちの死体が痛ましい
祖母らしい人が泣きながらかけ寄ってくる
満足な身体はなく
どこかしらが千切れている
まだ生きている子供の目は
賢者のごとく深い静けさを溢えている
心の無垢と苦悩ゆえに　その目は閉じられていても表情は美しい
悲劇の理由はみな違うはずなのになぜか似ている
憎しみ　飢餓　暴力が発火点となり

生まれ育った国の歴史を縦糸として
火が地を這うように殺戮は広がってゆく

わたしのことばは出口を見つけることができず
心を揺さぶりながら
溜め息となって吐き出される

主よどこにいます
希望があると言われるのですか
他人の体の一部が落ちて来たショックで
ことばを失なったガザの少女の顔が
瞼に焼きついて離れません
わたしは何をどう祈ったらよいのでしょうか

（二〇〇九年）

母

――鏡のごとく光を当てないと見えてこないものがある――

不意に意識が凍りつき
心臓が冷えた
母危篤の電話に

神秘はあなたの胸に
鳥のように翼を休め
嘴を委ねた

運ばれてゆくあなた
閉じている扉はじきに開かれる
薄れゆく意識を持ちこたえたまま
薄暮をすぎ
迎え入れられる
湖水をたたえた深いまなざしに
その時ひとつの円環がひそやかに閉じられる

あなたは強(したた)かだった
弟の死を目の前にして
死から生き還った

叔父は命の一滴まで絞りつくし
大きな人だったが

ミイラのごとく小さく固くなって
柩を蓋うとき
娘の真理さんが小さな声で呼びかけた
「パパ」
あなたはポロポロと涙をこぼす
あなたが泣いたのを見たのは初めてだった

おでんが食べたい
グラタン　カキフライ　刺身　ほんのちょっぴり　ウナギ　イチゴ
　スイカ　酢豚　ああ食べたい　ほんのちょっぴり
わたしはすっかり餓鬼になってしまったみたい　と云いながら
排泄をする
きれいな目をして

あなたはおのが身の不様さを悔しいと泣くと云う
凄まじい形相で
時々こうなるのだとも
介護する妹が云う
最後は水のみで四十日間生きた

スカイツリーをはじめとして
コープ森下の十階からの夜景は
目まいのするような灯の海
あなたが乗るのは方舟のベッド
夜明けまで漂流する
睡眠薬を飲み
コロリ観音にコロリとゆくことを願って

桜の開花を待つように
あなたが亡くなった
二十五年三月　享年九十五歳
まるで西行だね
朗らかに云っていた
芽吹きの緑がそよ風となって
あなたの肩に止まった

白い骨の町

行き交う人もいない道を歩く
と　突然数人が忙しそうに出たり入ったりしている家がある
玄関が開かれ　窓も開け放たれている
ヒョイと見るとそこには祭壇があり
モノクロームの写真が中心に置かれている
ああ　ここは喪の家なのだ
内にも数人が座っている

静かだった　みな喪服をキッチリと着て

その家の斜向いに
開かれた窓があり
正面にテレビが置かれ　他には家具も何もない
テレビが何を写していたか
確かめるでもなく行き過ぎた

氷と書かれた旗がダラリと下がっていた
店内も外も掃き清められ
縁台が置かれているがそこにも人はいない

暑さに押し潰されたように家並が続く

理髪店があった
鏡が三枚掛けられていて
店内を映している
ふと鏡の中に吸い込まれてゆくような
中から人が出てくるような
不思議な感覚に襲われる
本能にサクサクと働きかける
魔術師ルネ・マグリットの絵のような

町はクジラの晒された骨を思わせる
脊椎がいま来た道　メインストリート
道が尽き廻り込んで海岸に出る
船が何艘も舫われていたが人影はない
太陽が天頂に在って

その下に横たわるあらゆるものを
ジリジリと焦している
わたしも物になって焙られている

長い防波堤があり
突端に白い小さな燈台があった
外海にはやや波があり
湾に面した方は静かだった
胸深く呼吸をし　突端まで歩く
求めていたのは孤独だったけれど
夏の海は孤独になることを許さない　親和力で

この年最高の暑さに
地震と津波に壊された白い町*の記憶が

ゆっくりと立ち上がってくる

＊ 宮城県石巻市渡波（わたのは）

砂男

それは幻だったかもしれない。

月のない白い夜　白い部屋にいた。

わたしは石に嵌め込まれた血の鏡をみることに没頭していた。

剃刀一枚の隙間から風の息をもち　見るものを瞬時に崩す砂男が入り込んでくるなど　知るはずもなかった。

砂男は挨拶がわりにか　素気なく砂を振り撒くと　不思議な蝶の図柄を描いた。

静止が合図なのか描きあがった蝶は　空中から剥れ　生命を得てパタパタと動き始めた。目を見張っていると　空気を把むようにひょいと蝶を把み口に放って呑み下した。

「どうです　砂漠の涼しい風をひとつ」

なるほど砂男は足元に　牙をむいた竜巻を飼っていた。犬のような竜巻でも竜巻には違いない。

部屋には窓がない。

何度も取り付けようと　試してみた。がその度に壁は崩れ　部屋そのものが跡形もなくなってしまう。わたしは部屋をとり　窓を諦めたが　この熱さは耐えがたかった。いつか吐く息がわたしを殺してしまうだろう。

「取り替えよう。何かと」

砂男はあたりよく云う。咄嗟には思いつかない。

部屋には何もなく　わたしはほとんど裸だ。

蝸牛管が盛んに危険信号を傍受していた。

「その目にしよう」

「蒸し焼きにされるよりはましだろう」

砂男は断ち切るように云ってのけた。空気は汗ばみ　いよいよ重く苦しい。

わたしは目を固く閉じ　盲目の世界を試みた。

噴火？　突然だった。

驚いて砂男を見ると　脇腹を押え猛烈に笑っている。笑うたびに砂男の全身から　砂が零れ痩せてくる。なおも砂男は笑い続け　竜巻の縁を跨ぐと

ブスブス　ブスブスと沈みいなくなった。

漆の扉

いつもの時間より遅くなったので近道をして帰ろうと思い川と平行する道
を急ぐ
空気の編み目がほどけあたりはゆったりと暮色に包まれる　上空には薄桃
色の夕日があった　足首までの長いマントを纏い目深く帽子を被った長身
瘠軀の無垢な魂が近づいてきて（直感で悟った）足音もたてず先導するよ
うに歩く　低いけれどよく通る声で　あなたがこの道を通ることは知って
いました　これからいう事を聞きなさい　川と地の境界の帯のような草地

そこに漆の扉があります　中にはどこにも行き着けない不慮の死を遂げたもの達の魂があります　それらの魂をあるべき場所に返してやりたいのです　という
扉はすぐに見つかった　以前から在ったかのように　草むらの中のズッシリとした漆の扉を渾身の力を込めて両手で押し開いた　中は空洞のようだった　そこから震えながら魂たちが影のように這い登ってくる　みな生前の形をどこかに止めている　へその緒のない赤ん坊　二本足のトカゲ　膝から下の足が二本ともない少年　全身が硬直した老人　花びらを毟りとられてすっかり裸になった薔薇　切り倒された杉の大木の魂は泣いていたみな傷付きうつむいて様々の魂が這い登ってくる

蟻一匹ご存知の方は　このことを知っておいででしょうか　わたしはその使いの者です　その方が最も憂慮されているのは行き所のない魂と戦争です　あらゆる戦場におられます　ひとりひとりの兵士の魂により添って

その方といえども人間の自由意志を阻むことは出来ないのです

わたしは深く頷いた　何度も夢に見たことだろう　戦争のない世界を　母の背中におぶさって逃げた県道　闇のなかで人々が蠢いていた　焼夷弾が落とされた記憶がかすかに残っていた　御使いのマントが捲れて一瞬裾からまばゆいばかりの目の眩む衣がみえた
御使いは別れの挨拶をすると　夜に紛れて消えてしまった
漆の扉はどこにもない　あれは何だったのだろう　信薄く精神が振り子のように揺れているわたしの元に　泡だち流れる黒曜石のように時折り光る川面をみつめながら　川と平行する道に茫然と立ちすくんでいた

シュペルヴィエルさんに挨拶を

青梅市の中央図書館で堀口大學訳をみつけた。古びてはいたが瀟洒な一冊の詩集としてわたしの元にやってきた

それを開いてハッとした
なんという饒舌と一瞬思ってしまった
その詩は颯爽としていて
天体のブランコ乗りのように
星を鏤めたロープを掴んで
眠らせない

わたしは唖になっていた
貧しいことばは
ひらひらと一枚づつ
あなたのシルクハットに隠されてしまう

あなたにあっては
ことばは自在に変容し稀有な現象に
重たいことばも風のように透明で
水のように軽やかに
優雅なことばは磨きのかかった貴婦人の指のように
いっそう優雅に
企む場所にピタリと嵌め込まれてしまう

あなたの思惟の道すじを辿るとき

嵐と凪が同時に唱和される空間
火と水が同時に燃える鏡の中を突きぬけるような幻惑がある

あなたのメタモルフォーセスは
狂気の嶺々を
易々と跳び越える
生まれたての細胞のような
瑞々しい身体感覚と野生を持ち
眠りさえ覚醒と同義だ

熟し切った夏の夜を
冷涼がゆらすころ
あなたは死者の国に行ってしまったが
瞼を閉じてもなおこちらを凝視している

人間の精神と思念の極北を旅し
天の坑道に潜り込む
そこにどんな秘事秘策が隠されているのか

やがて垂直の地平線から
ことばに架橋するために
悠然と姿を現わす
磨かれた大理石が膝を屈し
ことばの記されるのを待っている

別離の言葉
「なつかしい骨たちよ　僕は君たちの手を握る」
それは人間に対する友愛の証
狂気に足元を洗われつつ

墓標のように立ちつくす
リアリストから
シュペルヴィエルさんに挨拶を

分水嶺に鳴く蟬

いま蟬の声は沸点に達し
夏は振りむくこともなく流れてゆく

あれから四半世紀が過ぎた
露出した無意識の岩礁を海図に辿り
流離(さすら)っていた
さすらいながら魂の故郷を喪失していった

あの時
身も心も襤褸のごとく裂けていて
逆さに吊るされた分水嶺で
不条理に異議を申し立てていた

このまま狂ってしまうのか
日常に戻れるのか
どちらに傾くこともなく
針は振れていた
最も手の届かないところにあって
日常という名づけようのない日々は眩しく輝いて見えた

再発を繰り返しながら
心の整合性は

薬を飲み続けることで
かろうじて保たれていた
時間は固く縺れあい
過ぎ去る確信はない
焼けつくような真昼に晒されて
眠りは完璧なまでに奪われていた
けれども朝も夜も間違いなくめぐり来た

ただ捨てるためにのみ
詩の断片らしきものを書く日々
それが生きている唯一の証だったのか
残された正常な意識が
詩に向かわせたのかもわからないまま問うていた
石は沈黙を

水は嘆きを
骨は笑いを引きつれ
こだまとなって帰ってきた

書くことは
暗黒の宇宙へ向かう一隻の小舟の航跡
荒れ地に蒔く一粒のからし種
成長すると鳥が来て
宿るほどの木になる* という
或は身ごもった勾玉のようなことばを
魂で温め産み落とす行為
時に詩は頓服の白い粉に似て
風のように神経を精神を
さやさやと地にそよがせてくれる

狂気の余波を受けつつなお問うていた
詩とは自分に向かいあうことで生まれる新たな問い
答えのない永遠の幻
その幻もまた幻ではないのか

その年
しびれるほど分水嶺で蟬が鳴き
そうして夏日は去った

＊　マタイ十三章三一、三二から

胡蝶蘭のある食卓

もらった小さな鉢の胡蝶蘭が
しおれてきたので
音楽を聴かせたい
必ずシャンとなるはず
鉢の表土を覆う水苔をぬらし　もどしてやる
まだ見ぬフィンランドを彷彿とさせる

身ぶるいするような寒さ
森と湖が響き合い
宝石のように輝く静かで奥深い風土
倦怠も虚無も　みじんもない
あるのは祖国への献身だけ
シベリウス
交響曲第2番のはじめのあたり
スキャットしながらベーコンエッグをつくる
コーンスープに牛乳を注ぎ温め
りんごの皮をむいて出来上がり
あとは起きてきた者が
てんでんにパンを焼きティーパックの紅茶を入れる

いまわが家は四人　毎日が日曜日

けれど揃って食卓に着くことはない
音楽を欲しているのは息苦しさから逃れたいため
それぞれの痛みなど何ほどのこともない
つるりとした日常
これを平安と呼ぶのだろうか
胡蝶蘭
崩れかかっていて崩れないわが家を
わらいながら見ている　おかしな花だ

あれから……半島よ

石積みではない
人の営みの土台から崩れて知る砂の器
夥しい水を茫然と見送った
黒い水は海を這い　逆巻き唸り
風は飛沫をたて沖から吹き渡る

今宵は小さな灯が対岸から離れたあたりで

揺れながら信号を発する
――イ・キ・テ・イ・ル
人は諦めずに網を繕う
海をとり戻す屈強な男たちの意志
寄り添い痛みを分かち合う女たち

闇が深くなる　残った人々の影を消そうとする風
生と死の結び目が解け
夢は燦として砕け散り
声もなく石になって　沈んでゆく
人の心の空白に執拗に蘇る　宿命の記憶
午前四時　乳色の霧が沖に煙るなか
船はエンジンを響かせ　仕掛けた網を起こしに出る

海猫が鳴き交わし　頭上に乱舞する
けれど収穫はいかほどもなく
あれから……

夜になると死者を悼み
幻の光景が現われる
夜光虫が人の形に水面に浮かぶ　星屑を散らしたように
人は帰らない命に　一束の野の花を手向ける

地上からひとつの集落がなくなった
他にも幾つかの集落が消えた　という
いまでも　ハマユリ　ハマギク　薄桃色のハマナデシコを
崖の上に　ひっそりと咲かせているか
半島*よ

＊牡鹿半島

死児の薔薇

斬れた時間の糸をつなぎ
繊維のほぐせることばではなく
心の先端の最もかんじやすいところに
小さなケルンのように
石をつむ

詩よおまえは

わたしを見捨てたのか
と思うとポツリとイマージュをつくりだし
やるせないことばを投げかける

わたしの子宮は乾き硬くなってしまったのに
赤児をうめるというのか
わたしが産めるのは死児のみ
わたしの記憶の切れた時間をつなぎ
傷口がこれ以上開かないように
死児は奔走する
わたしが深い悲しみに囚われているとき
微笑をうかべながら
一輪　深紅のガラスの薔薇をさしだす

跋――吉津謹子の詩世界を辿って

竹内貴久雄

この吉津謹子の詩集は、彼女にとって一種の「自伝」なのだと思う。そんな感覚が最初に生まれた。この詩集の素材や構成について何も聞かされていないので間違っているかも知れないが、それほどに、私には確信めいたものだった。それが、吉津の詩の個性だろう。「あとがき」にもあるように、吉津は統合失調症と診断を受けてから三十年以上も経過しているが、その間、ずっと詩作を続けているという。私自身が吉津の詩に初めて触れたのは一昨年のことだと記憶しているが、彼女の病歴について知ったのは、さらに遅く、この「跋文」を依頼されたつい数ヶ月前のことだ。これほどたくさんの詩を長く書き続けていたとは知らなかった。私がこれまでに触れた吉津のわずかの作品は、いずれも、この詩集の終わりの方に掲載されているが、こうして冒頭から順に読み進めて行くと、吉津の心の遍歴が聞こえてくるようだった。

冒頭に置かれた「浜辺」からは、たくさんの〈音〉が聞こえてくる。それは一種のざわめきに始まるが、次第に静まって行く。そして「秒針のピタリと止まった岸に辿りつく」(「焼きたてのバケットのように」)。「花は色あせ枯れかかって」「生きてゆくことで色彩は抜け落ちた」(「前奏曲」)と語りつつも、「掌に握りしめた小さな石のように／残されたものがある」(「風の栞」)という。「わたしの詩を支えているものがあるとしたら／それはおまえへの渇きだ」(「山葡萄」)とあるが、吉津の〈渇き〉は永遠に解決しないのかも知れない。回想風の「白萩のこぼれる道」では「私を詩の世界に導いた鋭利な友の声」が聞こえるが、そのなつかしいふるさとが、「津波に引き裂かれた」石巻市であることも明かされる。

私が理解できなかったのはこの詩集の後半に置かれた「刺繍をする」「ガザの少女」の二篇だ。なぜ、ここに「パレスチナ」が？　それは、やがて解き明かされるのだが、そこに行き着くまでに、まず、この詩集中で唯一の〈抒情詩〉とも言うべき「母」と題された詩が置かれている。「鏡のごとく光を当てないと見えてこないものがある」という長い副題を持ったこの詩は、その自然な心の流れに身を委ねたような筆致をこそ味わうべきだと思う。或る平穏の時が、ここに呼び覚まされている。そして、それに続いて同じく率直な筆致で叙景詩のように淡々と、津波で失われた石巻市が描かれた「白い骨の町」。こうした素直な感覚は、吉津の詩集では稀なものだと思う。そして、幻想性が極めて不思議な「砂男」を経て、詩集題にも採られた「漆の扉」へと続く。ここに至って私は初めて、吉津が幼い頃に戦争を体験した世代だということに気づいた。「母の背中におぶさって逃げた県道　闇のなかで人々が蠢いていた　焼夷弾が落とされた記憶がかすかに残っていた」とある。これが吉津の奥底に眠っているものなのだとしたら、何か「パレスチナ」への思いに通ずるものがあるのだろう。それを突き詰めるのは、まだこれからなのかも知れない。

だが、「シュペルヴィエルさんに挨拶を」と題された詩に、詩人・吉津謹子の転換点が見事に活写されている。「なんという饒舌」「ことばは自在に変容し」「重たいことばも風のように透明」「水のように軽やか」「いっそう優雅に」「企む場所にピタリと嵌め込まれてしまう」のがシュペルヴィエルの詩だという。「狂気に足元を洗われつつ　墓標のように立ちつくす　リアリスト」だという吉津からの「挨拶」だ。それは新たな「分水嶺」(「分水嶺に鳴く蝉」)に吉津が今、立ったことを告げている。
「第二詩集を待ちますよ」と、この詩人にエールを送る。

二〇一六年九月一五日

あとがき

一週間眠れない日が続いた。発病したのは四十二歳、統合失調症だった。

時が移り世田谷から青梅市に引っ越し八年が過ぎた。小さな薬の変動はあっても、何とか安定を保っていた。

老齢になると体が薬を受け付けなくなってしまうという。ある朝、目覚めて起き上がろうとすると、脚が立たない。翌朝も。主治医はあまりにも突然のことで、ワカラナイ、ワカラナイと首を振る。精神科の薬は一種類と睡眠薬を除いて、全てストップされた。様々な症状が出た。

発病から三十一年、詩はいつも私の傍らにいた。手放さず書き続けていた。詩を書くことによって随分なぐさめられた。詩は私にとって最も信頼できる友だった。

二〇一四年冬、詩人で「孔雀船」を主宰する望月苑巳先生を知った。先生は私を同人の端に加えてくださった。

そうして様々に変わる症状に苦しんでいる現在、先生が詩集を出してはどうか、目的があると体によいのではないかと、勧めてくださった。批評欄を担当する竹内貴久雄様も跋文を書いて下さる。先生がお手伝い下さるとは、何よりも心強い味方ではないか。お二人の言葉に励まされ、力を得て詩集を出すことにした。

表紙は自由美術会員の坂口利夫様にお願いした。その静謐な画風が私には好ましい。

私を詩の世界に導いて下さった友人の松本啓さん、書き続けることを常に励まし、見守ってくださった小川美恵子さん、遠い多賀城市からエールを送ってくださる鈴木せいさん、渡辺静子さん、そして何よりも心強い主治医の石倉菜子先生に厚く感謝を申し上げます。

二〇十六年八月三十日

漆の扉

二〇一六年一〇月一〇日　発行

著　者　吉津　謹子（きつ　のりこ）
〒一九八―〇〇三六
青梅市河辺町九―六―一―二―二〇二

発行者　知念　明子
発行所　七　月　堂
〒一五六―〇〇四三　東京都世田谷区松原二―二六―六
電話　〇三―三三二五―五七一七
ＦＡＸ　〇三―三三二五―五七三一

©2016 Kitsu Noriko
Printed in Japan
ISBN 978-4-87944-258-1 C0092